JUANA DE ARCO

La Doncella de Orleans

Por Benoît-J. Pédretti
Traducido por Elena Muñoz Galvez

Historia en50MINUTOS.es

JUANA DE ARCO 1

BIOGRAFÍA 4

Juana, campesina y profetisa (1412-febrero de 1429)

Juana, una jefa militar inspirada (marzo de 1429-mayo de 1430)

Juana, una víctima expiatoria (1431)

CONTEXTO 11

Una Francia sin rey

Un enredo territorial

Doncellas y profetisas

MOMENTOS CLAVE 16

El sitio de Orleans

La proclamación de Carlos VII

El juicio

REPERCUSIONES 26

Un nuevo equilibrio en la guerra de los Cien Años

De la condena a la canonización

Una importante trascendencia simbólica

EN RESUMEN 30

PARA IR MÁS ALLÁ 35

JUANA DE ARCO

- **¿Nacimiento?** El 1412, en Domrémy (Reino de Francia).
- **¿Muerte?** El 30 de mayo de 1431, en Ruan (Reino de Inglaterra).
- **¿Principales aportaciones?**
  - A comienzos del siglo XV, se da a conocer ante el pueblo una joven campesina, originaria de los confines orientales del Reino de Francia, que clama ser portadora de un mensaje divino que le ordena liberar Francia. En efecto, parte del país se encuentra en manos de los ingleses y los borgoñones. Carlos, delfín de Francia (1403-1461) y legítimo heredero y sucesor del fallecido rey Carlos VI (1380-1422), todavía no ha sido coronado.
  - Profetisa o impostora, la joven consigue que el delfín le confíe una pequeña tropa para combatir a los ingleses, con la que cosecha brillantes victorias. A principios de mayo de 1429 recupera Orleans. Apoyada por el fervor popular, multiplica sus éxitos y, finalmente, conduce a Carlos hasta Reims para que sea proclamado rey de Francia el 17 de julio de 1429.
  - Poco después resulta herida y es capturada y vendida a los ingleses. Su destino está sellado. Juana es trasladada a Ruan, en territorio inglés, donde el obispo de Beauvais, Pierre Cauchon (1371-1442), instruye un juicio decisivo durante la primavera de 1431. Allí es condenada como hereje y quemada viva en la hoguera de la plaza del Viejo Mercado de Ruan. Tras ser rehabilitada en 1456, es beatificada en 1909 y canonizada en 1920.
  - Sus extraordinarias acciones, como mujer al frente

de un ejército y como jefe militar frente al ocupante extranjero, junto con su desafortunado y prematuro final, la convierten en una heroína mítica y en un importante símbolo de la nación francesa durante los siglos XIX y XX.

En la desgarrada Francia de comienzos del siglo XV, la joven campesina Juana de Arco está convencida de tener una misión divina. Haciendo gala de una enorme fuerza de voluntad, consigue conocer en Chinon al delfín Carlos, heredero de un Reino de Francia en gran parte reducido, y consigue que le confíe un ejército. Convertida en jefe militar, se pone a la cabeza de las tropas francesas y, el 8 de mayo de 1429, fuerza a los ingleses a levantar el sitio de Orleans. Se le conoce por ello como la Doncella de Orleans.

Tras Orleans, el ejército francés obtiene victorias en Patay, Troyes y Châlons, hasta llegar finalmente a Reims, que se encuentra en territorio borgoñón. Así, Juana consigue que, el 17 de julio de 1429, Carlos sea proclamado y coronado rey de Francia en la catedral de Reims. Posteriormente, tras obtener algunas pequeñas victorias, la joven deja de ser útil para el nuevo rey; el 23 de mayo de 1430 es capturada por los borgoñones y Carlos no paga su rescate. Los borgoñones la venden a los ingleses por 10 000 libras, quienes la entregan al obispo de Beauvais, Pierre Cauchon. El juicio, instruido por el obispo, tiene lugar entre el 21 de febrero y el 23 de mayo de 1431. Tras ser condenada por herejía, el 30 de mayo es quemada viva en la hoguera de la plaza del Viejo Mercado de Ruan.

En 1456, Juana es rehabilitada por el papa Calixto III (1378-1458), que la declara inocente. Posteriormente, es beatificada por la Iglesia católica en 1909 y finalmente canonizada en 1920. Juana de Arco es un fenómeno medieval, una heroína feminista y el símbolo de un nacionalismo exacerbado que, todavía hoy, continúa suscitando discusiones y polémica.

BIOGRAFÍA

JUANA, CAMPESINA Y PROFETISA (1412-FEBRERO DE 1429)

En plena guerra de los Cien Años (1337-1453), que enfrenta al Reino de Francia contra el de Inglaterra, nace Juana en Domrémy. Este pequeño pueblo se encuentra en el ducado de Bar, situado en la frontera oriental del reino y cerca del ducado de Lorena, que entonces forma parte del Sacro Imperio Romano Germánico.

Aunque se desconoce su fecha de nacimiento, casi todas las fuentes se ponen de acuerdo en el año 1412. Nace en el seno de una familia de cinco hijos y sus padres son Jacques Darc —posteriormente d'Arc (de Arco)—, campesino, e Isabelle Romée. Juana es como todas las niñas de su edad: amable, alegre y analfabeta, y se ocupa de buen grado de tareas habituales de la granja de su padre; es especialmente devota y va todos los domingos en peregrinaje a la capilla de Bermont, en el pueblo vecino de Greux.

Sin embargo, a los 13 años su fervor religioso se intensifica. Tras escuchar voces celestiales, rompe incluso el noviazgo que le había sido organizado. Las santas Catalina y Margarita y el arcángel san Miguel le habrían confiado dos misiones: liberar el reino de Francia del invasor inglés y conducir al delfín Carlos hasta Reims para ser proclamado rey de Francia. A los 16 años, revela sus experiencias místicas a su primo Durand Laxart. Este, tan desconcertado como asustado, y sin el consentimiento de sus padres, la lleva ante el capitán de Vaucouleurs, Robert de Baudricourt (1400-1454), a quien Juana le pide una recomendación que le permita entrevistarse con el delfín. Su petición resulta extravagante, por lo que la joven, sin duda considerada como una iluminada, es inmediatamente enviada de vuelta a su casa.

Juana de Arco, obra de Pedro Américo, 1883.

En 1428, los ingleses atacan la parte oriental del reino y asolan Domrémy. Su familia huye entonces a Neufchâteau, en el ducado de Lorena, pero regresa a Vaucouleurs a comienzos del año 1429. Juana se ve entonces rodeada de un gran fervor popular: ¿no había sido ella quien, tras acercarse al duque Carlos II de Lorena (1364-1431), había logrado sanarle? Esta vez, el capitán Baudricourt le toma en serio e, incluso, le confía una pequeña tropa. Así, Juana pone rumbo a Chinon, en el Valle del Loira, para reunirse con la corte del delfín. Atraviesa a caballo el país borgoñón, de incógnito, con el pelo corto y vestida de hombre.

JUANA, UNA JEFA MILITAR INSPIRADA (MARZO DE 1429-MAYO DE 1430)

Según la leyenda, cuando Juana llega a Chinon y es conducida a la gran sala del castillo, reconoce al delfín, a pesar de ir vestido como uno de sus cortesanos. En realidad, a su llegada el 23 de febrero de 1429, Juana se reúne en privado con Carlos y solo comparece ante la corte varios días después. Aunque se desconoce el contenido de este encuentro, lo que es seguro es que el delfín sale transformado y persuadido de la buena fe de Juana de Arco. Esta le anuncia que Orleans, y después París, serán liberados, que él será proclamado rey en Reims y que el duque de Orleans, encarcelado desde hace casi 15 años en Inglaterra, será liberado pronto. Antes de confiar en ella, el delfín la lleva a Poitiers para que los teólogos la interroguen, y Yolanda de Aragón (1384-1442), la madre de su esposa, se asegura de comprobar la virginidad de la iluminada. Tras la investigación llevada a cabo en Domrémy, el delfín y sus consejeros consideran que existe una oportunidad política que hay que aprovechar. El pueblo está entusiasmado y cree en la joven y los ingleses tienen miedo de esta «enviada de Dios» venida para ayudar a Francia, así que, ¿qué riesgo corre el delfín al enviarla a combatir? Carlos la coloca a la cabeza de un convoy de avituallamiento que, una vez congregado en Blois, pone rumbo a Orleans.

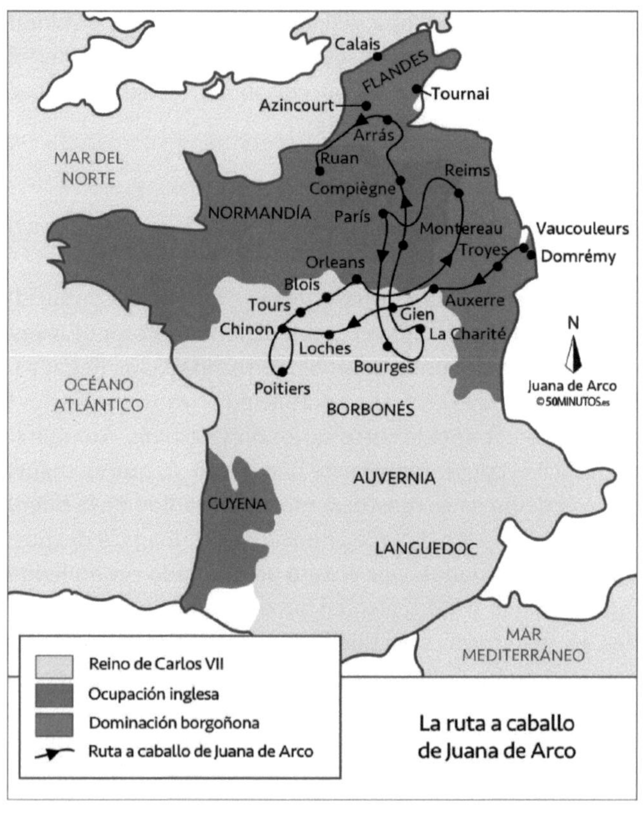

El Loira hace de frontera entre dos territorios: al norte el territorio dominado por los ingleses y sus aliados borgoñones, y al sur el que está bajo control del delfín. Los ingleses quieren apoderarse de Orleans a toda costa, ya que la ciudad les abrirá las puertas del sur. Así, en julio de 1428, levantan fortines y cercan la ciudad, que se refugia tras las murallas. El asedio puede ser largo, así que la ciudad tiene que aprovisionarse de alimentos. El 29 de abril de 1429, tras engañar a las guarniciones inglesas, el convoy de Juana entra en Orleans.

La joven distribuye los abundantes alimentos en medio de un considerable entusiasmo popular. No obstante, los ingleses siguen acampados alrededor de la ciudad y todavía no se ha ganado nada. Juana, tras motivar a sus tropas, consigue hacer caer uno tras otro los fuertes ingleses, entre ellos el de Tourelles, situado al sur del Loira. En la noche del 7 al 8 de mayo de 1429, los ingleses, tras haber sufrido grandes pérdidas humanas, se ven forzados a levantar el sitio. Orleans se ha salvado, y Juana recibe el sobrenombre de Doncella de Orleans.

A continuación, parte de nuevo en campaña por el valle del Loira y se dirige a Loches. Tras el éxito de su primera misión, tiene todavía que persuadir al delfín de ir hasta Reims para ser coronado. Los territorios de la Champaña están controlados por los borgoñones, quienes no pretenden permitirle el paso. Así pues, las tropas francesas llegan finalmente a Reims tras tomar Troyes y Châlons. El 17 de julio de 1429, en la catedral de Reims y con Juana de Arco a su lado, Carlos es proclamado y coronado rey de Francia con el nombre de

Carlos VII, y reconocido por fin como soberano legítimo.

Tras cumplir esta misión, Juana quiere liberar París, a lo que Carlos VII se opone. Un intento fallido le da la razón. Falta el dinero, y la empresa es demasiado arriesgada, así que el ejército es desmantelado. Sin embargo, la joven no desiste; reúne una pequeña tropa de mercenarios con la que consigue victorias en el valle del Loira. Se dirige hacia el norte con la intención de socorrer a Compiègne. El 23 de mayo de 1430, durante el asedio a la ciudad, es capturada por Juan de Luxemburgo (1392-1441), partidario de los borgoñones. Su destino acaba de cambiar radicalmente.

JUANA, UNA VÍCTIMA EXPIATORIA (1431)

Juan de Luxemburgo se encuentra incómodo con su nueva captura y vende a Juana a los ingleses por 10 000 libras. Carlos VII no ofrece rescate ni tampoco envía tropas para liberarla. El rey de Inglaterra, Enrique VI (1421-1471), quiere terminar de una vez con el asunto y la entrega a la justicia eclesiástica para deshacerse de ella. Al haber sido capturada en su diócesis, será Pierre Cauchon, obispo de Beauvais, quien instruirá el juicio.

Durante cuatro meses, del 21 de febrero al 23 de mayo de 1431, los interrogatorios se llevan a cabo en sesiones públicas. Los principales cargos de que se acusa a Juana son herejía, brujería y de llevar ropa de hombre. Pese a ello, la joven responde con valentía y hace gala de sentido común. Se transcribe el juicio en su totalidad. Los ánimos se encienden y el pueblo apoya a Juana, por lo el proceso tiene que continuar a puerta cerrada. En el cementerio de Saint-

Ouen, en Ruan, se levanta una hoguera para aterrorizar a la joven, quien, horrorizada, firma de inmediato una confesión con una cruz sobre un pergamino. Sin embargo, varios días después, se retracta de la misma. Se le declara relapsa, es decir, que ha recaído en sus errores pasados, y se le condena, sin apelación posible, a ser quemada viva. El 30 de mayo de 1431, Juana fallece a los 19 años de edad, en medio de atroces sufrimientos, en la plaza del Viejo Mercado de Ruan, y sus cenizas se esparcen en el Sena.

EL JUICIO DE JUANA DE ARCO

Hasta nuestros días ha llegado una copia del juicio, con el nombre de «manuscrito de Urfé», que se conserva en el departamento de manuscritos de la Biblioteca Nacional de Francia (Latín, n.° 8838). Está digitalizado y se puede consultar en la biblioteca digital Gallica. Además, existen tres copias de las actas; uno de los ejemplares se encuentra en la biblioteca de la Asamblea Nacional en París.

Habrá que esperar hasta 1456 para que se revise el juicio y se anule la condena. Pero la leyenda de Juana ya está en marcha: durante las guerras de religión del siglo XVI, se convierte en un símbolo para los defensores de la integridad del reino y para los ultracatólicos, y en el siglo XIX la historiografía la convierte en una heroína romántica.

CONTEXTO

UNA FRANCIA SIN REY

El final del siglo XIV y el siglo XV es un periodo especialmente agitado en Francia. El rey Carlos VI (1368-1422) ha perdido todas sus facultades mentales y está demente. Además, el consejo de la regencia, presidido por la reina Isabel de Baviera (1371-1435) está dividido en dos facciones: los armañacs, liderados por el hermano del rey, Luis de Orleans (1372-1407), y los borgoñones, liderados por Felipe el Audaz (1342-1404), duque de Borgoña y tío del rey. Tras el asesinato de Luis de Orleans en 1407, ambos bandos se sumen en una guerra civil sin piedad por el poder. El rey de Inglaterra, Enrique V (1387-1422), aprovecha la situación y desembarca en Normandía en 1415. El 25 de octubre, los ingleses obtienen una brillante victoria en la batalla de Azincourt, en la que el ejército francés pierde 6000 caballeros. La situación es catastrófica para Francia.

El delfín Carlos se reúne con Juan sin Miedo (1371-1419), hijo de Felipe el Audaz y nuevo duque de Borgoña, la provincia más rica y poderosa del reino. Ambos quieren aliarse contra los ingleses a cualquier precio. Pero el duque de Borgoña es asesinado y los intereses económicos de su hijo, Felipe el Bueno (1396-1467), miran hacia Inglaterra, por lo que se alía con Enrique V. Acorralada, la reina Isabel se ve obligada a firmar el Tratado de Troyes en 1420. En este tratado se prevé el matrimonio de su hija, Catalina de Valois (1401-1437), con el rey de Inglaterra, quien se asegura para él y para su descendencia la corona de Francia. De este modo, se priva al delfín Carlos de su derecho al trono.

En 1422, mueren primero Enrique V, rey de Inglaterra, y después Carlos VI, rey de Francia. Borgoña, la Iglesia y la Universidad de París reconocen inmediatamente al joven rey de Inglaterra, Enrique VI, como legítimo rey de Francia. La capital le abre sus puertas. Al ser todavía menor, se proclama regentes a los tíos del joven rey de Inglaterra y Francia. Uno de ellos, el duque de Bedford (1389-1435), se instala en París y asegura la regencia en el continente.

Así, la corona de Francia está vacante, aunque tiene dos pretendientes no proclamados: un rey inglés, no reconocido por la nobleza francesa, a excepción de Borgoña, y el delfín Carlos, hijo del difunto rey, cuya legitimidad se encuentra en cuestión debido a un rumor. Carlos, con pocos apoyos y ninguna renta, se atrinchera en Bourges, lo que le vale el sobrenombre de rey de Bourges. Su situación es desesperada, y sus posibilidades de convertirse un día en soberano de Francia parecen mínimas, hasta la llegada de Juana.

UN ENREDO TERRITORIAL

En 1429, el reino de Francia está dividido en tres zonas claramente distinguibles: los territorios gobernados por los ingleses tras la hazaña de Azincourt, los administrados por sus aliados borgoñones, y los controlados por el delfín Carlos.

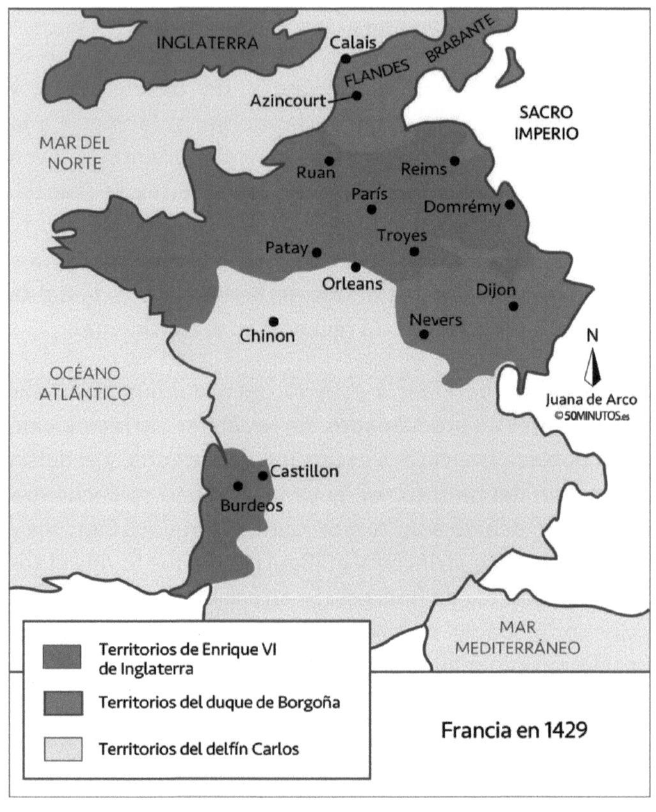

Los ingleses controlan un amplio territorio al norte del Loira, que incluye Normandía, la cuenca parisina y la Champaña. Este territorio está delimitado al norte por Artois y al sureste por Borgoña, bajo control de sus aliados; por el este, el Mosa hace frontera con el Sacro Imperio Romano Germánico, y en el oeste, Bretaña permanece neutral desde el Tratado de Guérande de 1381. Estos territorios se completan con el ducado de Guyena, al sur de Charente, propiedad del rey de Inglaterra desde 1188.

En cuanto a los borgoñones, el amplio territorio bajo su control incluye el ducado y el condado de Borgoña, los condados de Boulogne, Artois, Flandes, Henao, Brabante y Holanda, así como los ducados de Lothier, Limburgo y Luxemburgo. También se incluyen los ducados de Lorena y de Bar.

EL DUCADO DE BAR

El ducado de Bar, en el que se encuentra el pueblo natal de Juana de Arco, es una entidad soberana en ese momento. Una parte depende del Sacro Imperio Romano Germánico y la otra parte, el Barrois mouvant, del rey de Francia tras el tributo rendido en 1301. Este territorio, cercano al ducado de Lorena, se encuentra bajo dominio de los borgoñones.

Por su parte, el delfín Carlos controla un amplio territorio al sur del reino, que se extiende desde el Loira hasta los Pirineos y desde Aunis hasta el Delfinado.

DONCELLAS Y PROFETISAS

Durante la Edad Media, proliferan predicadores y profetas, hombres, mujeres y niños, que anuncian profecías y revelan con la misma serenidad tanto las buenas noticias como las catástrofes. Se les conduce de forma sistemática ante las autoridades religiosas o ante una universidad, como la de París, cuya Facultad de Teología sienta cátedra. En efecto, solo la Iglesia está autorizada a reconocer las profecías y a certificar su veracidad.

Las mujeres y las jóvenes tienen que ser doncellas, es decir, no estar casadas y, sobre todo, ser vírgenes. Solo una virgen puede ser portadora de un mensaje celestial, por lo que la virginidad de Juana se comprueba dos veces, en marzo de 1429 en Poitiers y en enero de 1431 en Ruan.

En la misma época, aparecen otras profetisas, contemporáneas de Juana, como Catherine de La Rochelle, cuyos engaños desenmascara Juana, y Piéronne de Bretaña, que acabará quemada en la hoguera como hereje en París en 1430. Además, varias mujeres se hacen pasar por Juana de Arco tras su muerte. Una de ellas, Jeanne des Armoises, llega incluso a convencer a la ciudad de Orleans de que le pague una renta y, entre 1436 y 1439, combate para ella. Otra llamada Jeanne de Sermaises es encarcelada en 1458 y puesta en libertad con posterioridad. Tanto los ingleses como el nuevo rey de Francia tienen un miedo terrible a que surja una nueva Juana. Así pues, los primeros se aseguran de que su cadáver no pueda utilizarse para su culto como mártir, y el segundo vela para que no se reconozca nunca a ninguna de estas otras Juanas.

MOMENTOS CLAVE

EL SITIO DE ORLEANS

Angers y Orleans, dos ciudades situadas en el Loira, constituyen enclaves de importancia estratégica para los ingleses. La toma de una de las dos ciudades les permitiría invadir de forma progresiva los territorios del sur, controlados por el delfín. Como Angers está bien defendida, los ingleses prueban suerte con Orleans. Así, en julio de 1428, asolan primero las villas situadas entre París y Orleans y después los alrededores de esta última. El 23 y 24 de octubre, toman los dos últimos fortines que resisten en la ribera sur, Boulevard y Tourelles. La ciudad está totalmente cercada y sus habitantes se ven atrapados: tras la destrucción de los suburbios, tienen que refugiarse en el interior de las murallas.

El sitio de Orleans puede así dar comienzo. En abril de 1429, los ingleses construyen nueve fortalezas alrededor de la ciudad y se disponen a esperar. Su objetivo es conseguir que el sitio se extienda durante varios meses para que las reservas de agua y de víveres de los habitantes de Orleans se agoten, obligándoles así a rendirse. Sin embargo, el 28 de abril Juana parte desde Blois rumbo a Orleans, con un convoy de avituallamiento y acompañada de 500 soldados. La joven quiere entrar en batalla cuanto antes, pero los jefes militares no son de la misma opinión, y el convoy se aproxima a la ciudad evitando todo enfrentamiento. Mientras las tropas de Juana ocupan la guarnición inglesa del fuerte Saint-Loup, los barcos de los habitantes de Orleans atraviesan el río y embarcan los víveres, a Juana y a unos 200 soldados. En la tarde del 29 de abril, la joven entra en Orleans y, a lo largo del día siguiente, distribuye los víveres entre la población.

A comienzos de mayo, un segundo convoy con refuerzos y tropas, procedente de Montargis y Gien, se encamina hacia la ciudad. Juana deja Orleans para inspeccionar personalmente todos los fuertes ingleses y establecer así su estrategia. Tras definir su plan, ataca y toma un fortín tras otro. El 6 de mayo, cae el fuerte de los Agustinos con la ayuda de las milicias de la ciudad. Durante esta batalla, la jefa militar resulta herida en un pie, por lo que se le prohíbe tomar parte en el asalto a Boulevard y a Tourelles previsto para el día siguiente. A pesar de ello, el 7 de mayo, Juana se pone en pie y se reúne con sus tropas para participar en el asalto a los últimos fuertes. El ejército francés, deseoso de terminar, se lanza a una batalla campal. De los 5000 ingleses presentes al comienzo del sitio, fallecen 4000, frente a solo 2000 del lado francés. Tras restablecerse el acceso a la ciudad por el sur, Guillermo de la Pole (duque de Suffolk, 1396-1459), que dirige las tropas inglesas, prefiere salvar lo que queda de su ejército y levanta el sitio.

Jeanne d'Arc au siège d'Orléans (es decir, Juana de Arco en el sitio de Orleans), obra de Jules Eugène Lenepveu, 1886-1890.

Orleans se ha salvado. Juana ha cumplido así su primera misión. Las tropas francesas continúan asentando su ventaja con la toma, a mediados de junio, de ciudades como Jargeau, Meung y Beaugency. El 18 de junio, los franceses vencen en

Patay a las tropas inglesas de refuerzo venidas desde París.

LA PROCLAMACIÓN DE CARLOS VII

Para asentar su legitimidad, el delfín tiene que ser proclamado y coronado rey de Francia. Desde el 816, solo el arzobispo de Reims dispone del poder para proclamar a los reyes en su catedral. Sin embargo, para llegar hasta Reims es necesario atravesar la Champaña por el sur, siendo esta una provincia bajo control de los borgoñones. Así, el ejército francés evita Auxerre, que pertenece al duque de Borgoña, y llega a las inmediaciones de Troyes, donde Juana lanza su

---

1. Cita traducida por 50Minutos.es

ataque. Los habitantes de Troyes se rinden, al igual que los de Châlons, permitiendo así que Juana y el delfín alcancen Reims la tarde del 16 de julio.

El 17 de julio de 1429, el arzobispo de Reims, Renault de Chartres (1380-1444), proclama a Carlos rey de Francia con el nombre de Carlos VII. Esa misma mañana tiene que ser armado solemnemente caballero por el duque de Alençon, ya que todavía no lo era. Después, da comienzo la ceremonia, en la que viste las mangas flordelisadas y las espuelas de oro. En ella, jura sobre la Biblia mantener la paz y defender la justicia, la Iglesia y el reino contra todos sus enemigos. Después, el arzobispo de Reims pronuncia el rito de la intercesión y unge al nuevo soberano con el Santo Crisma contenido en la Ampolla Sagrada. Tiene lugar entonces la investidura real: el gran chambelán Georges de La Trémoille (1384-1446) pone sobre el monarca el manto flordelisado, la sortija, el cetro y la mano de la justicia; la espada se la entrega el condestable Carlos II de Albret (1407-1471). Finalmente, el arzobispo unge a Carlos en lo alto de la cabeza, con lo que se concluye la ceremonia de proclamación. A continuación, le coloca sobre la cabeza, de forma solemne, una corona encontrada para la ocasión en el tesoro de la catedral, haciendo de él el rey de Francia. El nuevo monarca puede por fin ocupar su trono y los pares vienen a rendirle homenaje. La aclamación «*Vivat in aeternum*» («Larga vida al rey»)[2] y la música de las trompetas resuenan en la catedral. A lo largo de toda la ceremonia, Juana de Arco ha estado a su lado, portando su estandarte.

---

2. Cita traducida por 50Minutos.es

Juana de Arco en la coronación de Carlos VII en la catedral de Reims, obra de Jules Eugène Lenepveu, 1886.

El efecto psicológico de la proclamación es grande: se olvidan las acusaciones de bastardía y se elimina el Tratado de Troyes que le desheredaba. Carlos es ahora el único rey legítimo de Francia. Como último recurso, el regente inglés en París, el duque de Bedford, hace proclamar al joven

Enrique VI en la catedral Notre Dame de París. Pero este no ha sido ni ungido por la Ampolla Sagrada ni coronado según el rito. La propaganda se pone en marcha: Carlos VII lucha por recuperar su reino.

Los doce pares de Francia son los señores con más poder del reino. Tradicionalmente, asisten a la proclamación y sujetan la corona en lo alto de la cabeza del nuevo rey. Existen seis pares laicos y seis eclesiásticos.

Los pares laicos son los duques de Borgoña, de Normandía y de Guyena, y los condes de Flandes, de Toulouse y de la Champaña. No obstante, en el momento de la proclamación de Carlos VII, estos títulos están vacantes o pertenecen a los enemigos del rey. Los grandes señores presentes en la proclamación ejercen para la ocasión.

Los pares eclesiásticos son el arzobispo de Reims y los obispos de Laon, de Châlons, de Langres, de Noyon y de Beauvais. Solo están presentes los tres primeros. Los otros dos se encuentran en territorio anglo-borgoñón, por lo que Carlos invita como sustitutos a Robert de Rouvres, obispo de Sées (fallecido en 1453), Jean de Saint-Michel, obispo de Orleans (fallecido en 1436 o 1438) y Jean Laiguisé, obispo de Troyes (fallecido en 1450).

EL JUICIO

Tras su captura, Juana es encarcelada en el castillo de Ruan. Allí sufre unas condiciones difíciles, pero no es interrogada. El 21 de febrero de 1431 da comienzo el juicio; los miembros del tribunal eclesiástico que lo instruye han sido seleccionados con esmero por la parte anglo-borgoñona. Su cometido es encontrar cargos que permitan una condena rápida. Pierre Cauchon, obispo de Beauvais, lleva a cabo los interrogatorios, pero Juana es honesta y sus respuestas son claras y coherentes. Finalmente, se le acusa de diez cargos; entre otros, de ser cismática, apóstata, blasfema y usurpadora. Además, también se le juzga por haber llevado ropas de hombre, ofendiendo a su condición natural. También, se le acusa de dejarse influenciar por las voces del demonio y de atenerse solo al juicio de Dios, en vez de al de la Iglesia.

El 24 de mayo, se levanta una hoguera en el cementerio de Saint-Ouen, en Ruan, para atemorizar a la joven. Aterrorizada, firma la abjuración de sus errores y su sumisión a la Iglesia. Unos días más tarde, sin embargo, se retracta y, por su propia voluntad o quizás forzada, vuelve a vestirse con ropas de hombre. Este hecho llega a los oídos de los tribunales eclesiásticos: cuando una condenada por herejía se retracta y vuelve a sus errores pasados, se le califica de relapsa, lo que le priva de todo recurso posible. Así, se le condena a morir en la hoguera. El 30 de mayo de 1431, vestida con una amplia toga cubierta de azufre, es conducida hasta la hoguera levantada para la ocasión en la plaza del Viejo Mercado de Ruan. Allí, Juana muere quemada viva en tan solo unos minutos.

La muerte de Juana de Arco en la hoguera, obra de Hermann Stilke, 1843.

Los ingleses no quieren que Juana pueda, en ningún caso, servir de mártir a la causa francesa, por lo que quieren evitar que sus restos sirvan para desatar la pasión por las reliquias u otros actos de brujería. Así, se cubren sus restos de nuevo con brea y se calcinan durante varias horas antes de ser arrojados en el Sena.

Es el final de la hazaña de Juana de Arco y el comienzo del mito.

REPERCUSIONES

UN NUEVO EQUILIBRIO EN LA GUERRA DE LOS CIEN AÑOS

Antes de la aparición en escena de Juana de Arco, el conflicto se mostraba claramente a favor de los ingleses. Aunque su país es más pequeño y menos poblado, las conquistas al norte del Loira, junto con una sólida base en el sudoeste, les ofrecen una superioridad evidente tanto en número de hombres como en recursos, que pueden movilizar rápidamente. Además, poseen un conocimiento perfecto del terreno de la parte occidental del país, de la que se apropiaron hace ya un siglo. También, disponen de tres ventajas psicológicas nada despreciables: un ejército con reputación de invencible desde 1415 y con temibles arqueros, el Tratado de Troyes que deshereda al delfín Carlos, y su alianza con los borgoñones.

No existe desacuerdo en que Juana de Arco influye, de varias formas, en el curso de la guerra. Para empezar, dispone de un buen sentido estratégico y militar, reconocido tanto por militares del momento como por sus compañeros; en Orleans, sabe posicionar las piezas de artillería de la mejor forma para causar el mayor daño posible a los fortines ingleses. Además, posee las cualidades de un líder, que le dotan de una energía capaz de movilizar e inspirar a sus tropas. También, al luchar contra los ingleses, demuestra que estos no son invencibles, y consigue que Carlos sea proclamado como único rey legítimo.

Así, consigue invertir la tendencia en favor de los franceses y de su nuevo rey. Lo único que les sigue faltando a los franceses es conseguir a Borgoña como aliado de peso. Tras la muerte de Juana, Carlos VII y su sucesor no cesarán de buscar, con medios diplomáticos y por la fuerza, una alianza con los borgoñones para poder acabar tanto con este molesto vasallo como con los ingleses. Así, la guerra de los Cien Años termina, sin Juana, en 1453 con la batalla de Castillón y la reconquista de todos los territorios continentales todavía bajo dominio inglés, a excepción de Calais, que no se recuperará hasta 1558.

DE LA CONDENA A LA CANONIZACIÓN

Tras la condena y la ejecución de Juana, su madre solicita la revisión del juicio. En 1450, Carlos VII publica una ordenanza en la que pide que se haga la luz sobre esta injusta condena. El objetivo de Carlos es político y está destinado a aplacar a la opinión pública de Normandía, región que acaba de reconquistar. La Iglesia católica y el papado, a quien Juana había hecho apelación durante su juicio, piden su reapertura en 1455. El papa Calixto III (1378-1458) se apoya en la memoria del obispo de Lisieux, Thomas Basin (1412-1491), quien describe con detalle las insuficiencias del juicio. Así, se vuelve a escuchar a los testigos y, el 7 de julio de 1456, en Ruan, se declara el primer juicio ilegal e infundado. Juana es así rehabilitada y, para honrar a la Doncella, se decide erigir una cruz en el lugar de la hoguera.

No obstante, habrá que esperar a finales del siglo XIX para que la Iglesia inicie el proceso de elevación de Juana. El fiscal general de Saint Sulpice presenta la causa en 1869. El obispo de Orleans, Monseñor Dupanloup (1802-1878), apoya la causa e instruye el proceso en su diócesis. El 27 de enero de 1894, se declara a Juana venerable; en Notre Dame de París se organiza una ceremonia nacional con gran pompa para bendecir una reproducción de su estandarte. Tres años más tarde, comienza la investigación con vistas a la beatificación, que concluye en 1909; las diócesis de Arrás, Évreux y Orleans acreditan debidamente tres curaciones milagrosas. El 18 de abril de 1909, el papa Pío X (1835-1914) declara beata a Juana de Arco. Posteriormente, en 1910, se abre el proceso de canonización. Tras acreditarse nuevos milagros y una instrucción llevada a cabo con eficacia, el papa Benedicto XV (1854-1922) la declara santa de la Iglesia católica el 16 de mayo de 1920, en el transcurso de una misa solemne celebrada en San Pedro de Roma. El 30 de mayo, día de su suplicio, es declarado como la festividad de Juana de Arco. Finalmente, el 2 de marzo de 1922, es proclamada patrona segunda de Francia.

UNA IMPORTANTE TRASCENDENCIA SIMBÓLICA

Tras la derrota de Sedán en 1870, el Imperio alemán se anexiona Alsacia y parte de Lorena. Para Francia, Juana se convierte en un importante símbolo de los territorios ocupados (el antiguo ducado de Bar depende ahora de Lorena). El 14 de julio de 1920, el mismo año de su canonización, la República Francesa establece por ley que el segundo domingo de mayo se celebre a Juana de Arco como fiesta nacional del patriotismo. Aunque la festividad ha caído en desuso, en Orleans todavía se celebran todos los años fiestas en honor a Juana, del 29 de abril al 8 de mayo, para celebrar la liberación de la ciudad por la Doncella; es tradición que el presidente o un miembro del Gobierno represente de forma oficial a la República Francesa. Desde 1998, también se organizan unas fiestas en contra de las festividades de Juana; iniciadas por un movimiento social, se oponen al carácter religioso y político de las fiestas de Orleans.

También, a comienzos del mes de junio, se organizan todos los años en Reims unas festividades que celebran la llegada triunfal de Juana a la ciudad y la proclamación de Carlos VII en la catedral.

Tampoco Ruan se queda a la zaga, con dos lugares de recuerdo importantes. Primero, la iglesia de Santa Juana de Arco, levantada en la plaza del Viejo Mercado en 1979, y que alberga trece vidrieras del siglo XVI. También, en 1953 abre sus puertas en la calle de Crosne un museo de cera dedicado a Juana de Arco, y que cierra en 2012. En marzo de 2015 se inaugura en Ruan el Historial Jeanne d'Arc, un museo dedicado enteramente a su historia y que tiene su sede en los locales de la antigua archidiócesis donde se pronunció su condena en 1431 y donde tuvo lugar su proceso de rehabilitación en 1456.

EN RESUMEN

1412
Nacimiento de Juana de Arco

c. 1425
Juana de Arco dice oír voces de santos

1429
23 feb.: Juana de Arco se reúne con el delfín
Carlos en Chinon
8 may.: **Juana de Arco libera Orleans
y los ingleses levantan el sitio
de la ciudad**
18 jun.: Juana de Arco consigue una nueva
victoria en Patay
17 jul.: **Carlos VII es proclamado rey de
Francia, gracias al empeño de Juana**

1430
23 may.: **Juana de Arco es capturada en
Compiègne y vendida a los
ingleses**

1430-1431
21 feb. 1430–23 may. 1431: comienza el juicio
por brujería

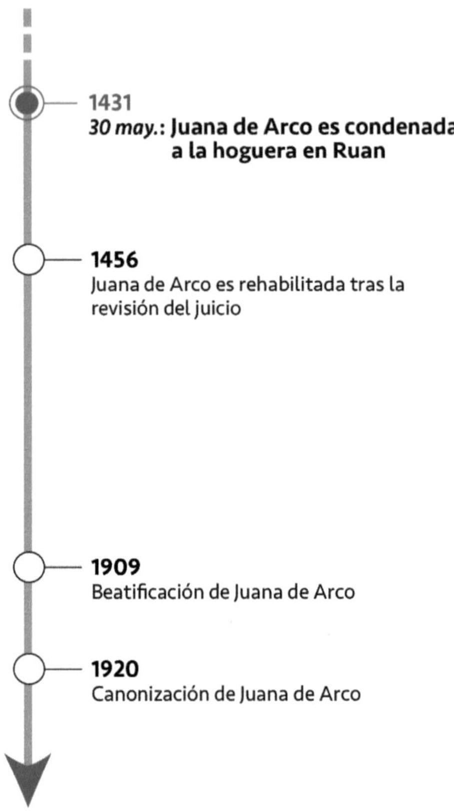

- En un momento en el que la mitad del territorio francés está ocupado por los ingleses y sus aliados borgoñones, el delfín Carlos, heredero del difunto rey Carlos VI, intenta que se reconozcan sus derechos al trono de Francia. En este contexto aparece Juana, proveniente de la parte oriental del reino, con un mensaje de esperanza. Unas voces celestiales han anunciado a la joven que pronto los ingleses serán expulsados de Francia y que el delfín será proclamado rey en Reims.

- Carlos quiere creer y proporciona armas a Juana de Arco. La joven acompaña al convoy de avituallamiento destinado a socorrer Orleans, sitiada por los ingleses. El 8 de mayo de 1429 libera la ciudad, lo que le valdrá el sobrenombre de Doncella de Orleans. Tras esta victoria le siguen algunas otras que permiten a los franceses recuperar parte del valle del Loira.

- Respaldada por estos éxitos, atraviesa los territorios de la Champaña, bajo dominio de los borgoñones, y se apodera de Reims junto al delfín. El 17 de julio de 1429, Carlos es proclamado rey de Francia en la catedral de Reims, lo que anula las pretensiones del joven rey de Inglaterra, Enrique VI, sobre su corona. Desde entonces, Carlos es el único rey de Francia, legitimado delante de Dios y su pueblo.

- Pero, poco después, los intereses del nuevo rey pesan más que el reconocimiento: el ejército de Juana es desmantelado y, cuando es capturada en Compiègne, Carlos no ofrece rescate ni envía tropas para liberarle. El señor de Luxemburgo la vende a los ingleses.

- Juana es puesta en manos de un tribunal eclesiástico presidido por el obispo de Beauvais, Pierre Cauchon, en territorio normando, que se encuentra bajo dominio inglés. Allí se instruye un largo juicio por herejía que desemboca en una condena: el 30 de mayo de 1431, Juana es quemada viva en la hoguera, en la plaza del Viejo Mercado de Ruan. Tras ser rehabilitada por la Iglesia católica en 1456, es beatificada en 1909 y canonizada en 1920.

- En los siglos XIX y XX, su figura porta una importante

carga simbólica y, desde entonces, su imagen no cesa de ser asociada con la nación y la identidad francesa. Convertida en heroína por la historiografía contemporánea, es sin duda uno de los personajes más conocidos de la historia de la Edad Media en Europa.

¡Tu opinión nos interesa!
¡Deja un comentario en la página web de tu librería en línea,
y comparte tus favoritos en las redes sociales!

PARA IR MÁS ALLÁ

FUENTES BIBLIOGRÁFICAS

- Beaune, Colette. 2008. *Jeanne d'Arc. Vérités et légendes*. París: Perrin.
- Boudet, Jean-Pierre y Xavier Hélary. 2014. *Jeanne d'Arc : histoire et mythes*. Rennes: PUR, colección *Histoire*.
- Bouzy, Olivier. 1999. *Jeanne d'Arc: mythes et réalités*. La Ferté-Saint-Aubin: l'Atelier de l'Archer.
- Contamine, Philippe. 1994. *De Jeanne d'Arc aux guerres d'Italie: figures, images et problèmes du XVᵉ siècle*. Orleans: Paradigme. Colección *Varia*.
- Duby, Georges y Andrée Duby. 2005. *Los procesos de Juana de Arco*. Granada y Valencia: Editorial Universidad de Granada y Publicacions de la Universitat de València.
- Duparc, Pierre. 1989. *Procès en nullité de la condamnation de Jeanne d'Arc*. París: Klincksieck.
- Pernoud, Régine. 1969. *La libération d'Orléans: 8 mai 1429*. París: Gallimard.
- Quicherat, Jules. 1849. *Procès de condamnation et de réhabilitation de Jeanne d'Arc, dite la Pucelle*. París: Jules Renouard et Cie.

FUENTES ICONOGRÁFICAS

- *Juana de Arco*, obra de Pedro Américo, 1883. La imagen reproducida está libre de derechos.
- *Jeanne d'Arc au siège d'Orléans*, (es decir, Juana de Arco en el sitio de Orleans) obra de Jules Eugène Lenepveu, 1886-1890. La imagen reproducida está libre de

derechos.

- *Juana de Arco en la coronación de Carlos VII en la catedral de Reims*, obra de Jules Eugène Lenepveu, 1886. La imagen reproducida está libre de derechos.
- *La muerte de Juana de Arco en la hoguera*, obra de Hermann Stilke, 1843. La imagen reproducida está libre de derechos.

PELÍCULAS

- *Juana de Arco*. Dirigida por Georges Méliès, con Bleuette Bernon y Georges Méliès. Francia: Star Film Company, 1900.
- *Juana de Arco*. Dirigida por Victor Fleming, con Ingrid Bergman y Gene Lockhart. Estados Unidos: RKO, 1948.
- *Juana la virgen*. Dirigida por Jacques Rivette, con Sandrine Bonnaire y André Marcon. Francia: Pierre Grise Productions, 1994.
- *Juana de Arco*. Dirigida por Luc Besson, con Mila Jovovich, Dustin Hoffman y Faye Dunaway. Estados Unidos: Gaumont Film Company y Columbia Pictures, 1999.
- *Jeanne captive*. Dirigida por Philippe Ramos, con Clémence Poésy, Thierry Frémont y Jean-François Stévenin. Francia: Sophie Dulac Distribution, 2011.

en50MINUTOS.es
Historia
Economía y empresa
Coaching
EL DIAGRAMA DE ISHIKAWA
Solucionar los problemas desde su raíz
Material   Método   Máquina
Madre Naturaleza   Medida   Hombres
LA GUERRA DE PALESTINA DE 1948
DOMINA EL ARTE DEL NETWORKING